MICHEL COSEM

Le Trésor du dieu Lug

Illustrations
Thierry Christmann

éditions sed

Dans la même collection

Touchez pas à Amélie !
Nicolas de Hirsching

Quatre lapins et un innocent
Bernard Gallent

Qui a enlevé Tania ?
Gérard Hubert-Richou

Meurtre mystérieux au jardin des Plantes
Aude Hubert-Richou

2, rue Chappe – ZAC Les Garennes – 78130 Les Mureaux
ISBN : 2-86893-753-5

Au IVe siècle, Lugdunum Convenarum
(Saint-Bertrand-de-Comminges aujourd'hui)
était une grande ville gallo-romaine.
Il y avait des thermes, des temples,
un cirque et même une basilique.
La vie quotidienne y était celle de toute la Gaule.

Le pourtour méditerranéen au IVe siècle

1

Le voyageur malheureux

À l'autre bout du forum, Eulalia reconnut Titulus qui courait vers elle.

« Eulalia, si tu savais ! criait le garçon. Si tu savais !

– Si je savais quoi ? » dit-elle irritée.

Le garçon était rouge comme un coquelicot en plein mois de juin. Il s'arrêta près d'elle, essoufflé et parvint tout de même à dire :

« J'ai découvert l'existence d'un trésor dans les collines. Il est au pied d'un grand chêne entouré de petites falaises blanches ; ces falaises ont la forme d'une mâchoire de requin. Il faut seulement creuser trois pieds sous terre.

– Un trésor ? fit Eulalia avec une pointe d'ironie. Tu n'avais pas mieux à me raconter ? »

Titulus reprit ses esprits. Il comprit que son amie avait du mal à le croire. Il fallait qu'il explique d'une façon un peu plus précise ce qu'il venait de découvrir.

« Écoute-moi bien, fit-il en sachant qu'Eulalia était tout de même très intriguée. J'étais sur le chemin qui va vers la Garonne lorsque j'ai entendu quelqu'un qui chantait. Ce n'était ni un ivrogne, ni un soldat. C'était simplement un voyageur. Il était tout heureux que le soleil le réchauffe, heureux de voir les premières fleurs aux pruniers. Je me suis glissé près de lui, juste de l'autre côté d'un buisson et voici ce que j'ai entendu : "Enfin te voilà, colline claire appartenant au dieu Lug. Maintenant que je te vois dans la lumière, sous ce ciel bleu sans nuages, que je te découvre dans ta robe de rochers et de forêts, je comprends mieux les confidences du vieux Lucius, mon grand-père. Il m'avait dit que les rochers étaient comme les dents d'un requin géant et qu'entre ces dents se trouvait le trésor. Ce trésor que ses ancêtres avaient rapporté d'une campagne au pays des Remes et des Raufriques. Des pièces d'or bien sûr, mais aussi des broches, des

bijoux de toutes sortes. Enfin, je vais pouvoir être riche, ne plus errer sur les chemins et les routes. J'achèterai une demeure et j'aurai de belles esclaves venues d'Espagne. Chaque matin, je me réveillerai au chant du coq et irai contrôler si les moissonneurs sont dans leurs champs, si les menuisiers coupent les poutres, si les tailleurs de pierres sont à la carrière. Je ne laisserai aucun fainéant sur mes terres, mais j'affranchirai tous ceux qui, par leur labeur, augmenteront mes richesses... Dieu Lug, vieux dieu des Pyrénées, je reviens et j'espère que tu me seras favorable en me rendant le trésor de mes ancêtres". Voilà ce que j'ai entendu, acheva Titulus.

– Eh bien, voilà une belle fable. Ton voyageur avait de l'imagination.

– Ne te moque pas, je t'en prie. C'est très important. J'ai tout retenu du discours de ce voyageur. Je suis sûr qu'il dit la vérité. Il était très ému de reconnaître la colline du dieu Lug. C'est pour cela qu'il parlait fort, au risque d'être entendu.

– De quel côté est-il parti ? demanda Eulalia.

– Vers Valentine. Il a pris la route qui longe la rivière. »

Mais Titulus se trompait. Le voyageur s'était installé sous un chêne, bien protégé du vent froid par un tas de cailloux et avait ouvert sa sacoche de cuir pour manger. Le garçon en avait profité pour s'enfuir. Il espérait tomber en premier sur Valerius, son plus proche ami.

Eulalia réfléchissait très vite. Titulus ne pouvait mentir. Ce trésor existait donc bien. Il fallait aider ce voyageur à le retrouver.

« Dis-moi, murmura-t-elle à Titulus, je vais mettre Prisca dans le secret. C'est ma meilleure amie, tu le sais bien. Nous ne faisons jamais rien l'une sans l'autre.

– De la même façon que je ne fais rien sans Valerius », répondit Titulus.

•

À cette heure, beaucoup de personnes déambulaient entre les colonnes du forum. Les uns allaient aux thermes*, malgré le givre qui s'accrochait encore dans les recoins ombreux, d'autres au marché, d'autres encore dans les rues des bouchers, des potiers et des savetiers**. Des échoppes étroites montaient des bruits de voix. La fumée des petits feux de bois que l'on allumait jusqu'au milieu de la rue flottait un peu partout.

Eulalia se sentit soudain observée. Elle chercha dans la foule la personne qui pouvait bien la fixer mais ne reconnut personne.

« Écoute, dit-elle rapidement à Titulus, on se retrouve près du quadrivium***, à la tombée de la nuit. »

Elle courut et disparut très vite dans la rue des marchands. Titulus demeura seul avec son secret.

* *Thermes = bains publics.*
** *Savetier = fabricant ou marchand de chaussures.*
*** *Quadrivium = carrefour.*

2

Les chèvres de Prisca

Prisca avait pour mission de garder les chèvres de sa famille. Ce n'était pas pour elle une partie de plaisir. Elle se méfiait toujours de ces bêtes et se protégeait des coups de cornes imprévisibles grâce à un bâton. De plus, avec ce beau soleil printanier, certaines chèvres étaient extrêmement lunatiques. Alors qu'elles semblaient brouter sagement l'herbe sèche, la fillette les retrouvait peu de temps après en haut d'un arbre... ou en train de franchir une murette qu'elles faisaient ébouler. Prisca était alors réprimandée et grondée par les membres de sa famille.

Ses parents faisaient avec le lait un très bon fromage qui alimentait au moins une dizaine des plus importantes familles de Lugdunum dont celle de Valerius.

Prisca avait la peau bien bronzée et les cheveux tout frisés. On racontait volontiers qu'elle avait des ancêtres d'Afrique et elle aimait beaucoup que l'on dise cela. L'Afrique n'était-il pas le pays des lions ?

En cette saison, les bords des sentiers n'avaient plus le moindre brin d'herbe comestible, les petites repousses des arbres avaient depuis longtemps été dévorées. Il ne restait plus que les dures écorces. De plus, le froid sec et revigorant creusait ce matin les estomacs.

Prisca atteignit avec son troupeau un vaste champ bien plat, bordé de murettes blanches, d'où l'on avait une belle vue sur Lugdunum étagée au pied de la colline claire. Le soleil rosissait les murs blancs que dominait le toit de tuiles rouges du temple du forum.

Prisca adorait regarder sa ville, quel que soit l'endroit où elle était. Elle devinait chaque fois l'animation des rues, elle entendait le bruit de mâchoire d'insectes que faisaient les métiers à tisser en retombant, le coup mat du marteau sur le cuivre, le soufflet de la forge ou la râpe du tonnelier, les gens qui allaient et venaient, la bousculade du marché, sans compter les diseurs d'avenir et les vendeurs de miel sauvage.

•

Les quatre chèvres en avaient assez de galoper. La noire avait déraciné une liane de clématite qu'elle avalait avidement. Les autres chèvres s'empressèrent de lui disputer cette pitance et le museau des bêtes se couvrit de graines blanches et duveteuses.

Prisca éclata d'un bon rire.

Puis, les chèvres s'engouffrèrent dans un buisson et ce fut le silence. Lorsque les quatre chèvres se mirent à bêler bizarrement, la jeune fille comprit qu'il se passait quelque chose d'anormal. Sur ses gardes, elle s'approcha et distingua une forme blanche. Son cœur se mit à battre rapidement. Quelqu'un était allongé sur le sol et semblait dormir. Mais son immobilité paraissait suspecte. Prisca, en un éclair, comprit que l'homme était mort. Les chèvres s'éloignèrent, tandis qu'elle remontait sur les berges de la rivière pour réclamer du secours.

« Il y a, près de la Garonne, un homme mort ! »

Un muletier arrêta sa bête chargée de poteries et un berger accourut en sautant par-dessus les murets. Bientôt, il y eut autour du corps une bonne dizaine de personnes, toutes parlant très fort et regardant autour d'elles, plus intriguées qu'apeurées.

Le mort avait dû recevoir un coup sur la tête : le sang avait à peine coulé. C'était un homme d'une quarantaine d'années, à la barbe poivre et sel bien taillée. Le berger et le muletier retournèrent le corps tandis que d'autres découvrirent un sac vide, retourné comme une peau de lapin.

« Il a été attaqué par des voleurs !

– On lui a pris son argent et ses bijoux.

– Ce pauvre homme, je ne sais pas d'où il est, je ne l'ai jamais vu par ici !

– Je me demande s'il est aussi inconnu que cela... »

Tout le monde parlait en même temps et plus personne ne s'occupait de Prisca qui tremblait tout à la fois de peur et de froid. Ainsi donc, tout près de Lugdunum, il y avait des assassins !

Les hommes transportèrent le mort jusqu'au chemin. La nouvelle s'était déjà répandue. Toutes sortes de gens discutaient entre eux. Chacun avait son idée sur la cause du meurtre.

Prisca, qui ne s'occupait plus depuis un long moment de ses chèvres, essayait de comprendre quelque chose à ce tumulte.

Quelle ne fut pas sa surprise de voir arriver Titulus, tirant à l'aide d'une courte corde la chèvre noire !

« Comme ça, tu la laisses vagabonder ! On va t'interdire d'aller dans les prés et sur les chemins. Tu es complètement folle, ma pauvre Prisca... »

Les yeux écarquillés, Prisca écoutait Titulus sans bien le comprendre mais ressentait au fond d'elle-même un grand soulagement.

« Tiens au moins cette corde, dit le garçon. Pourquoi y a-t-il tant de monde ?

– Il y a eu un meurtre. »

Titulus se fraya un passage et peu de temps après, Prisca l'entendit pousser un cri d'étonnement. Il revint vers elle, blême, la bouche ouverte, incapable de prononcer deux mots.

Prisca le laissa reprendre son souffle.

« Cet homme... Le trésor... Le dieu Lug...

– Mais que dis-tu ? Es-tu devenu fou, mon pauvre Titulus ?

– J'ai rencontré cet homme hier... Il était vivant... Il a parlé d'un trésor sur la colline. »

Personne ne s'occupait ni de Prisca, ni de Titulus. Déjà, les gardes de la ville étaient là et observaient les lieux. Le sac vide, comme une malheureuse dépouille, passait de main en main.

« Qui connaît cet homme ? » cria l'un des gardes.

Titulus, encore trop ému, n'entendit pas. Prisca allait prendre la parole puis renonça. Les gardes partirent avec le mort.

•

Prisca, alors, chercha ses chèvres du regard. Elles étaient bien sagement en train de ronger le tronc d'un saule.

« Peux-tu m'expliquer ? » demanda-t-elle à Titulus.

Le garçon raconta sa rencontre de la veille, les paroles du voyageur qu'il avait surprises.

Prisca demeura longuement muette.

« Finalement, poursuivit Titulus, il ne faut rien dire à personne. Si tu avais répondu aux gardes, tu aurais été obligé de tout leur dire et ce serait peut-être eux qui auraient découvert le trésor. »

Prisca restait silencieuse.

« Tu crois qu'on va le découvrir, ce trésor ? »

Ils entendirent un grand plouf. Ils regardèrent la rivière et virent la chèvre noire qui nageait pour rejoindre la rive. Elle était tout simplement tombée d'un tronc.

Ils rirent ensemble en la voyant, sa barbichette toute pleine de boue, remonter dignement sur la berge.

Titulus fit un geste incertain.

« Cette mâchoire de requin, je ne sais pas où elle est. As-tu vu un requin dans la montagne ? »

3

Valerius

Valerius avait été puni. Oh ! une histoire de rien du tout ! N'était-ce pas lui qui avait vidé plusieurs pots de fruits confits ? Depuis deux jours, il n'avait pas franchi le portail de sa maison et cela lui avait paru très long. Comment était-il possible de lui voler ainsi deux jours de sa vie ?

Enfin libre, et après avoir fait une courte prière devant l'autel des dieux Lares, il fila jusqu'au forum où les gardes, disait-on, avaient amené le cadavre d'un étranger…

Octavius Pomponius Scipio, le père de Valerius, s'approcha des gardes, drapé dans une grande toge blanche et portant à son front un mince liseré de topaze, signe de sa fonction.

Valerius regarda son père et comprit que l'affaire était sérieuse. Loin de lui, la rancœur de la punition !

On avait étendu le cadavre sur le sol, recouvert d'une couverture de laine.

Les gardes et les curieux rassemblés là se taisaient. Seul un conseiller du maire interrogeait les témoins. Mais nul ne pouvait lui être d'un grand secours.

« Il faut voir la fille qui garde les chèvres, elle est au courant de tout. »

Valerius comprit immédiatement qu'il s'agissait de Prisca, mais au lieu de courir vers la Garonne, il resta au forum écoutant ici et là les commentaires et les plaintes.

Curieusement, la découverte de ce crime révélait des problèmes plus profonds, plus diffus : tout le monde était prêt à dire que rien n'allait plus. Les partisans de Julius Nebo Julius répandaient partout des nouvelles alarmantes. Leur chef, en effet, souhaitait ravir à Octavius le poste tant convoité de maire de la ville.

Valerius comprit qu'il n'avait plus rien à faire sur le forum et fila donc par les ruelles étroites vers le bord de la Garonne. Il reconnut au loin Titulus et Prisca, assis sous un vieux chêne.

« Êtes-vous au courant ? C'est toi Prisca qui l'a découvert ? »

Valerius posait plusieurs questions à la fois. Quelle ne fut pas sa stupéfaction lorsque Titulus, baissant la voix pour que nul ne l'entende, le mit au courant à son tour !

« Ce trésor, fit-il songeur, ce trésor doit exister. On va certainement le découvrir. Répète-moi, Titulus, ce que ce voyageur a dit avant de mourir. »

4

Dispersés aux quatre coins

Valerius, Titulus, Prisca et Eulalia auraient vraiment voulu se retrouver dès le lendemain de ces événements. Ils avaient tant de choses à se dire ! Ils furent, cependant, séparés les uns des autres et ne purent donc rien décider ensemble.

Cela ne veut pas dire qu'ils ne pensèrent pas au récit de ce pauvre voyageur, bien au contraire ; chacun dénicha même des informations qu'il aurait bien aimé, dans sa hâte, confronter avec celles de ses amis.

Ami lecteur,

Tu as maintenant le choix de suivre l'un de nos quatre héros : Titulus (4a), Valerius (4b), Prisca (4c), Eulalia (4d).

Quoiqu'il en soit, tout le monde se retrouve au chapitre 5.

4a

Titulus

Titulus partit de bon matin. Son père, qui dirigeait une fabrique de poteries avait été intraitable. Il fallait que son fils l'aide, apprenne avec lui le métier qui serait le sien plus tard. Il n'avait que trop attendu pour s'occuper de son fils.

Le soleil n'était pas encore levé derrière les grosses montagnes noires. Le gel faisait sonner le sol et les mulets, chargés, avançaient précautionneusement.

« Il va faire beau », dit le père de Titulus, ravi.

Titulus marchait devant et ouvrait la voie. Ses pensées ne le laissaient guère en paix.

Comment dénouer l'énigme du trésor ?

Son père, soudain, siffla. Titulus comprit, à ce signal, qu'un danger le guettait. C'était un code entre eux et Titulus y obéissait toujours.

Il demeura immobile : effectivement, il y avait, tout près de lui, dissimulée dans l'ombre, une énorme oursonne.

« Ne bouge pas, dit son père, regarde-la bien dans les yeux. »

C'est ce que fit Titulus. Jamais il n'oublierait cette couleur rousse d'automne qu'il surprit tout au fond des pupilles de l'animal. Puis, l'oursonne disparut et se fondit dans l'ombre noire d'un sapin.

« Regarde, fit Titulus, il y a ses traces. »

La bête sauvage s'était dirigée vers une petite cascade blanche qui tombait sur des rochers moussus.

Le reste du voyage se passa sans encombre.

•

Lorsqu'ils arrivèrent dans le val d'Aquae, la lumière du soleil levant était douce.

La ville était construite au confluent de deux torrents que des ponts de bois enjambaient. Les gardes municipaux allaient et venaient, laissant leur cuirasse d'acier briller au soleil. Dans l'air, une drôle d'odeur rôdait.

« Sens l'eau brûlante qui sort de la montagne, dit le père de Titulus. On venait soigner ici de multiples maladies et beaucoup de gens se faisaient construire de belles maisons, dans les prairies envahies par les roseaux et les lilas.

– Qui est ce Probus dont tu m'as parlé ? demanda soudain Titulus.

– Un ancien marin, tu verras. Il s'est pourtant installé ici, loin de la mer, et il revend des poteries pour gagner sa vie. »

Probus, comme les autres, prenait le soleil sur le seuil de sa maison.

« Il gèle la nuit, dit-il en guise de préambule, et le jour on peut se faire rôtir comme en Afrique. »

Titulus demeura stupéfait. Toute la façade de la maison était recouverte d'arêtes de poissons géants et de figurines étranges taillées dans du bois aussi blanc que de l'os.

Un bel oiseau aux ailes noires bordées de blanc était perché sur un crâne et chaque fois qu'il ouvrait le bec, il prononçait une phrase étrange : « Je suis marin, roi des requins ».

Probus s'amusa de la stupéfaction de Titulus.

« Tu vois, expliqua-t-il, je pense à ma façon à la mer et aux monstres qui l'habitent. Et rien n'est plus agréable que de penser aux vagues lorsque l'on est en pleine montagne. »

Titulus pensa que cet individu était un peu étrange et s'abstint de tout commentaire.

« Cet oiseau est un mainate, on me l'a vendu il y a longtemps dans un port asiatique. Il m'a suivi dans tous mes voyages. » En réponse, l'oiseau répéta qu'il était le roi des requins.

Pendant ce temps, le père du jeune garçon déchargeait paisiblement les poteries qu'il plaçait contre un mur et ne s'occupait ni de Probus, ni de son fils.

« Mais tu n'as encore rien vu, fit l'ancien pêcheur. Entre donc dans la maison... »

Au-dessus de la cheminée était attachée une énorme mâchoire, blanche elle aussi, avec des dents effilées comme des aiguilles.

Probus, heureux de son effet, se taisait.

« C'est une mâchoire de quoi ? finit par demander Titulus, impressionné.

– De requin... »

4b

Valerius

Aujourd'hui, Valerius avait une leçon de géographie…

Le maître particulier, en silence, dessina une côte sur une grande tablette de cire. Valerius attendit pour savoir si c'était bien la Méditerranée qui était en train de naître sous ses yeux. C'était bien elle, avec l'Afrique et le nez relevé du Cap Bon près de Carthage. On y faisait de très belles céramiques et de longues caravanes convoyaient l'ivoire et les bêtes sauvages. Il reconnut aussi la Sicile, où l'on produisait des fruits, du blé et où l'on pratiquait l'élevage des moutons, l'Italie, que Valerius rêvait de visiter un jour, la côte dentelée de la Narbonnaise avec Marseille, dont son père lui parlait souvent, puis l'Espagne si riche en tissus et en poissons, où s'échangeaient l'ambre, l'or et les esclaves venus de Mauritanie. Valerius savait parfaitement tout cela et il ne commit aucune faute. Le maître se montra satisfait.

« Combien de jours faut-il à un navire marchand pour aller de Gadès à Ostie ?

– Neuf jours, répondit Valerius sans hésiter.

– Et de Carthage à Ostie ?

– Quatre jours. »

Le maître approuva. Il était temps pour lui de passer à la leçon suivante. Ils allaient aujourd'hui étudier la côte dalmate, si riche en or et en bois. Soudain, dans la pièce d'à côté, Valerius entendit son père recevoir un visiteur qu'il ne put identifier.

« Personne ne connaît le mort, dit la voix, personne ne l'a rencontré.

– Avez-vous enquêté dans les villages voisins, dans les postes et sur les routes ?

– Oui. Justement, il est probable que cet homme venait d'Artiès et longeait la Garonne. Dans une auberge, il a demandé si Lugdunum était loin. Manifestement, il venait ici : Lugdunum était le but de son voyage. »

Valerius, qui écoutait cette conversation alors qu'indifférent, le maître continuait à vanter les mérites de la côte dalmate, riche en peaux de chèvres et de loups, comprit que le meurtrier n'avait pas encore été découvert. Le mystère autour de cette affaire s'épaississait.

« Oui, reprit la voix, cet homme a parlé dans une auberge. Il venait à Lugdunum récupérer le trésor de ses ancêtres. Il venait probablement de Germanie et avait visité toutes les collines claires. De l'Espagne où il s'était rendu en vain, il remontait vers son pays quand il entendit parler de notre Lugdunum. Il semblait attendre beaucoup de cette dernière recherche. Sans doute avait-il bu trop de vin car il a détaillé toutes les informations concernant la cachette de ce trésor.

– Et alors ? demanda Octavius.

– Il n'y a aucun doute, ce trésor est bel et bien caché dans nos rochers.

Valerius écoutait passionnément.

– Que faire ? demanda son père.

– Rien, vraiment, n'est précis. Il a parlé de mâchoire de poissons et l'on sait que très souvent les rochers prennent des formes aquatiques, affirma la voix, peut-être que cet homme s'est également confié dans d'autres endroits. Son secret est donc connu. Il est possible que ce trésor soit l'objet de convoitises. Il faut être vigilant, écouter ce qui se dit au forum, se promener tout autour de la colline et surveiller les étrangers.

– Je suis tout à fait d'accord, affirma Octavius, si l'on trouve ce trésor, je saurai quoi en faire. La mort de cet homme a jeté une ombre sur ma cité. »

Il songeait à organiser à la fin de l'été de grands jeux au bord de la Garonne. Il était sûr qu'ils auraient un grand succès et que toutes les critiques qu'on pouvait lui faire actuellement seraient oubliées.

•

Valerius n'entendit soudain plus rien. L'informateur de son père venait de partir et le jeune garçon regretta de ne pas avoir su qui c'était. Le maître continua sa leçon de géographie, affirmant que la côte dalmate, avec toutes ses îles, était l'une des contrées les plus accueillantes de l'univers.

Valerius, qui ne connaissait que Lugdunum et la villa de son père, se mit à rêver de l'univers…

« Valerius, appela soudain Octavius, ta leçon est-elle terminée ?

– Presque, répondit celui-ci.

– Alors, je dois te dire quelque chose. Il faut que tu prépares tes affaires. Dès demain, nous irons à la villa de Montmor. Le printemps arrive plus tôt que prévu et j'ai de multiples choses à faire sur place. »

4c

Prisca

Prisca était furieuse : ses chèvres, à nouveau, avaient abattu leur enclos et s'étaient enfuies. Il n'était pas difficile de suivre leur trace dans le givre du matin. Sans doute étaient-elles allées à la rencontre du dieu Pan, lui-même mi-homme mi-bouc, qui pourrait, s'il était bienveillant, lui dévoiler l'endroit où le trésor était caché.

Prisca monta rapidement, à travers les frênes et les ormeaux, le chemin caillouteux que les pluies creusaient sans cesse, pour arriver sur une sorte de plate-forme dominant le ravin où coulait un filet d'eau.

À portée de voix, de l'autre côté, les maisons des affranchis et des ouvriers, situées à l'ombre de la colline, faisaient une sorte de rempart au temple du dieu Lug, dont les fines colonnes, en ce matin d'hiver, étaient joliment éclairées.

Arrivée là, Prisca savait par où ses chèvres s'étaient faufilées. Elle les découvrit entre les buis et les massifs de ronces.

Prisca s'assit sur un rocher puis, oubliant ses chèvres, elle pensa à Titulus et à son trésor caché dans la bouche d'un requin. Elle essaya d'imaginer ce que pouvait être une mâchoire de poisson. Prenant exemple sur les truites et les brochets que l'on retirait parfois de la Garonne, elle observa attentivement les rochers qui l'environnaient. Comment découvrir un trésor dans ces amas de rochers désordonnés ? La tâche était vraiment impossible.

Le soleil s'éleva dans le ciel. L'ombre sur les buis tourna lentement. Prisca, toujours attentive, ne vit pas non plus de poissons sur la muraille. Déçue, elle allait abandonner cette recherche lorsque la lumière fit apparaître à mi-pente de la colline, comme un œil, une roche presque ronde, entourée d'un liseré de mousse noire.

Surprise, elle voulut aller observer de plus près cette roche mais les chèvres en décidèrent autrement. C'est en effet le moment qu'elles choisirent pour filer sur le chemin caillouteux qui les ramenait à la ferme et, au-delà, sur la rive de la rivière.

Prisca descendit donc de la colline. Une journée comme les autres était en train de s'écouler sagement.

4d

Eulalia

Eulalia ne pouvait plus sortir dans la rue sans se sentir suivie et épiée. Pourtant, elle n'avait jamais réussi à mettre un visage sur la paire d'yeux qui la guettait n'importe où. Dans les rues où se pressait la foule, elle suspectait chaque passant. Dans les rues désertes, elle courait à perdre haleine. Dès la nuit tombée, elle regardait avec inquiétude les ombres mystérieuses se dessiner derrière les fenêtres. Elle avait peur.

« Il faut que j'en parle à Prisca, se disait-elle, elle seule peut me comprendre et m'aider. Je suis sûre que Valerius et Titulus se moqueraient de moi. »

Pourtant, elle n’avait rien dit à Prisca, gênée par la découverte du cadavre au bord de la Garonne et par le secret que Titulus lui avait révélé. Ses amis auraient attribué son inquiétude à ces événements. Eulalia, quant à elle, était convaincue que cela n’avait rien à voir.

Elle se sentait donc traquée. Elle qui aimait tant rire et tant se promener ne s'intéressait désormais plus à rien. Sa pensée était tout entière occupée par cette mystérieuse filature. Comment découvrir celui qui l'observait sans cesse ? Comment découvrir ses desseins ?

•

Ce matin-là, Eulalia décida de démasquer son suiveur. Sans rien dire à personne, elle s’habilla chaudement, mit des sandales de cuir et sortit. La rue était déserte. Elle s’avança lentement pour laisser à son persécuteur le temps de la remarquer et de la suivre. Elle se dirigea droit vers le quadrivium, bien désert à cette heure. Des chevaux étaient attachés à l'anneau. Plus loin, un restaurateur grillait des côtelettes de mouton sur des braises qui laissaient échapper une grosse fumée bleue.

Brusquement, avant d'avoir atteint la belle colonne de marbre rose, elle se retourna et surprit ainsi un homme aux cheveux bruns, serré dans un manteau de laine grise. Il essaya de trouver refuge sous le porche d'une maison.

Eulalia courut vers l'endroit où se cachait cet homme, mais il avait disparu, comme fondu dans la maison.

Le cœur battant de colère et d'émotion, elle décida d'attendre. Une bonne heure passa et lorsque la porte s'ouvrit, ce fut une vieille esclave qui sortit, chargée de paniers, pour une quelconque et obscure besogne.

Eulalia, déçue et sachant qu'elle n'en saurait pas plus, décida de faire le tour du carrefour des quatre routes et de rentrer chez elle.

5

À la recherche du trésor

C'est Valerius qui donna le signal du rassemblement aux quatre amis, quelques jours plus tard.

Il passa à l'atelier de poterie où travaillait Titulus.

« C'est toi ! fit Titulus ravi.

– Oui, dit Valerius, heureux. Il faudrait que nous parlions. »

Titulus ne demandait que cela. Il lança dans le four quelques bûches bien sèches qui explosèrent en fines flammes rouges puis fit signe à un esclave de prendre sa place. Les deux garçons sortirent dans la rue.

Ils s'assirent l'un près de l'autre sur un banc. Titulus raconta toute son histoire : sa visite à Probus et la rencontre avec son étrange mainate.

« C'est complètement fou, affirma Valerius. Quel est donc ce trésor ? Je crois que mon père s'y intéresse aussi. Il a reçu l'autre jour à la maison des espions qui sont venus l'informer.

– Des espions ? » fit Titulus sidéré.

Valerius soupira. Titulus hocha la tête et c'est ainsi qu'Eulalia les découvrit.

« Vous avez l'air de deux mendiants, railla la jeune fille. Quel est donc le poids de vos pensées ? »

La présence d'Eulalia les chagrina un peu. Pourtant, Titulus lui confia tout ce qu'il savait.

« C'est simple, dit Eulalia, quand as-tu rencontré l'homme qui a été assassiné ?

– Le matin à la cinquième heure environ.

– Demain, il faut nous donner rendez-vous à cet endroit et l'on regardera la colline et la montagne. Comprenez-vous ?

– Oui, répondit rapidement Valerius non sans admiration, le soleil éclairera les rochers de la même façon. »

Eulalia réfléchit encore.

« Je vais demander à Prisca de mener ses chèvres de ce côté. Comme cela, nul ne nous reprochera de nous être réunis à cet endroit.

– Qui pourrait nous le reprocher ? »

La jeune fille ne répondit pas. Il était trop tôt pour dire qu'elle était sûre qu'un individu la suivait partout où elle allait.

•

Le lendemain matin, ce fut Prisca qui arriva la première. Le soleil était à nouveau bien présent malgré la brume qui courait le long de la Garonne et s'accrochait aux vergers.

Eulalia courut, sûre d'avoir semé son poursuivant.

Valerius et Titulus apparurent tous deux ensemble, discutant sérieusement comme des sénateurs.

Titulus désigna l'endroit où l'homme avait parlé, et l'endroit où lui-même s'était caché.

Ils restèrent là tous les quatre, épaule contre épaule, comme si d'un instant à l'autre ils allaient entendre à nouveau la voix de l'homme mort et découvrir comme par magie la cachette du trésor.

Titulus dessina par terre la forme schématique d'une mâchoire de requin. Le regard des uns et des autres allait de ce dessin à la montagne.

Un lourd silence pesait sur les jeunes gens. Des corbeaux se disputaient dans les branches nues d'un noyer. Des pies, un peu plus loin, s'étaient posées au milieu d'un troupeau de bœufs.

Soudain, un oiseau noir à la gorge de feu surgit.

« Tiens, je l'ai déjà vu ! C'est un mainate ! »

Cet oiseau, curieusement, frôla d'un coup d'aile les rochers en forme de dents.

Ces rochers dentelés tombaient perpendiculairement dans le canyon, et s'il devait y avoir une mâchoire de requin, c'était tout simplement le gros bourrelet de la montagne.

« Là, fit soudain Titulus, on dirait un œil. »

Prisca reconnut aussitôt l'œil qu'elle avait découvert un matin.

Eulalia voulut observer elle aussi cette découverte, mais, dans les fourrés non loin, elle venait de surprendre une ombre qui essayait de se cacher. Son cœur battait la chamade : elle se tut.

C'était la cinquième heure. L'homme mort avait révélé son secret à cet instant précis. Les quatre jeunes gens, eux, ne découvraient plus rien et leur déception était grande.

« Ce n'est pas possible, dit enfin Valerius, c'est une véritable énigme. Jamais nous ne trouverons la réponse.

– Mais si, fit Titulus songeur, une énigme a toujours une solution. »

Eulalia, toujours muette, n'écoutait plus. Elle était, lui semblait-t-il, toute proche de trouver. Mais quoi ? Le nom de celui qui la persécutait en s'attachant à ses pas ?

Prisca aussi était ailleurs. Elle n'entendait plus la tranquille mastication de ses chèvres et se doutait bien qu'elles devaient, en cet instant, inventer une nouvelle bêtise.

Elle regarda à nouveau la montagne du dieu Lug et la lourde forêt qui se dressait derrière avec ses étroites ravines taillées dans la terre.

« Là, murmura-t-elle, si doucement que personne ne l'entendit, n'est-ce pas la mâchoire d'un poisson ? »

Quelques instants plus tard, Valerius sortit de sa besace du lard fumé, des croûtons de pain frottés à l'ail et des fruits secs qu'ils dégustèrent sagement.

« Je ne sais pas comment l'on va s'y prendre, dit enfin Titulus, songeur.

– J'ose à peine penser à ce que l'on pourrait faire avec ce trésor, rêva à haute voix Prisca. »

Autour d'eux, le printemps n'était pas encore là, mais les prés avaient déjà verdi. Le soleil luisait doucement sur l'herbe toute nouvelle. De gros bœufs se déplaçaient derrière les clôtures de bois. Un vol de pigeons virevolta dans le ciel et l'éclat blanc des plumes se propagea comme un éclair.

« C'est un bon présage, affirma Valerius. Les pigeons nous indiquent la direction à prendre. »

Tout le monde rit de bon cœur. Les pigeons tournaient en rond dans le ciel.

6

Vers la forêt du dieu Gar

Rien d'important ne se passa au cours des jours qui suivirent. Titulus, en transportant les poteries dans les abris en prévision des grands marchés de l'été, se demandait parfois à voix haute :

« Cette histoire est comme un rêve : je ne m'en rappelle plus très bien. »

Il lui fallait alors faire un effort de mémoire pour se convaincre qu'un homme avait bel et bien été assassiné et que cet homme avait un secret.

Ce jour-là, Valerius passa en coup de vent dans l'atelier.

« Demain, dit-il à l'oreille de son ami, nous irons voir les chevaux sauvages dans les forêts du dieu Gar.

– Qui, nous ?

– Toi, moi et Eulalia : c'est elle qui en a eu l'idée...

– Et Prisca bien sûr !

– Informe tes parents que tu ne seras pas là de toute la journée. »

Valerius prit à cette occasion un ton de commandement. C'était bien le fils du maire de Lugdunum.

Titulus se sentit tout heureux de cette perspective. Ils n'avaient pas découvert le trésor ? Eh bien tant pis ! Le printemps qui maintenant commençait à transformer profondément la nature lui donnait des envies de vagabondage. La ville n'était plus traversée par les vents glacés et humides surgis des vallées. Les chemins de la forêt et les prairies devaient être extrêmement accueillants.

•

Le lendemain, Titulus se réveilla le cœur en fête, se rendit aux cuisines pour y remplir son sac puis, alors que les pierres des rues et des murs étaient encore tout imbibées de rosée, il se dirigea vers le forum, désert à cette heure.

Il s'arrêta près d'un marchand qui faisait chauffer son huile sur des braises et préparait les premiers beignets de sa journée. Il attendit sagement que le sien soit bien croquant au bout de la pince du marchand.

Eulalia et Prisca surgirent près de Titulus. Elles regardèrent avec convoitise les beignets qui gonflaient et se boursouflaient dans l'huile, tant et si bien qu'ils en achetèrent plusieurs. Le marchand versa sur la croûte brûlante un miel délicieux. Valerius arriva tout essoufflé.

« On y va ! » cria-t-il tout joyeux.

Il avait la fougue et l'allant d'un tribun à la tête de ses centurions.

Le chemin contournait un tumulus pierreux où serpents et lapins se disputaient les côtés ensoleillés. L'endroit était réputé maléfique car jadis les vieux Gaulois venaient y adorer leurs dieux.

Titulus marchait en tête et, semblable à un chasseur, il lançait des pierres sur tout ce qui bougeait, affolant les pies, faisant jaillir de derrière les mottes de terre de gros lièvres roux.

« Arrête, fit Valerius, reste un peu tranquille.

– Regarde ces violettes ! » s'exclama Eulalia.

Sa voix brillait de bonheur. Depuis le temps qu'elle espérait voir des hardes de chevaux sauvages ! Tout lui paraissait mystérieux : les forêts dont la teinte profonde virait au mauve, les fourrés de buis formant des labyrinthes infinis, les chemins ravinés par les neiges et les pluies de l'hiver. À chaque découverte, son cœur bondissait de joie. Mais par-dessus tout, avec ses trois amis, elle se sentait en sécurité ; nul ne pouvait en cet instant suivre sa trace.

Ils entrèrent dans la forêt...

Un grand silence s'établit. Un léger vent secouait les têtes blanches et plumeuses des clématites* dont les longues lianes montaient le long des troncs nus. Le sol se creusait au fil de la pente et des ruisseaux. Les quatre amis ne parlaient pas. Ils respiraient profondément

* *Clématite = plante grimpante à fleurs en bouquets.*

l'odeur des feuilles retournées, de l'eau des ruisseaux et des troncs, découvrant ici et là des traces de chevreuils et de sangliers, des griffures d'ours sur les écorces mortes.

« Écoutez, fit soudain Titulus. Avez-vous entendu ?

– C'est un pivert qui frappe une noisette, affirma Prisca.

– Mais non, ce sont des bûcherons », conclut Valerius qui était peut-être celui qui connaissait le plus la nature sauvage.

Ils s'approchèrent donc de l'endroit où ils entendaient frapper le bois. À cet instant, il y eut un craquement terrible. L'arbre coupé s'était abattu. Ils entendirent alors la complainte des bûcherons qui demandaient à l'arbre de refonder ses racines, d'élargir ses branches au soleil et de porter tous les fruits qu'il désirait.

Eulalia en eut les larmes aux yeux.

« C'est beau, dit-elle, c'est très beau.

– Ce sont des chants qui viennent de nos ancêtres, avant la conquête de Rome, on ne comprend même plus ce langage. »

Titulus était impressionné.

Prisca écoutait Valerius qui était le plus savant. Elle connaissait un peu cette vieille langue qui lui servait à parler à ses chèvres.

Ils s'avancèrent doucement. Les branches basses des arbres qui allaient être abattus portaient des offrandes au dieu Sylvain, celui qu'adoraient les bûcherons.

Ceux-ci avaient remarqué l'arrivée des jeunes gens et ils leur firent fête. Ce n'était pas souvent qu'on venait les visiter dans la forêt, loin de Lugdunum. En plus, cette fois, il y avait le fils d'Octavius. On aimait ce pair* car il rendait une justice équitable et commandait de grandes poutres à la corporation pour construire des édifices publics.

Tout le monde s'assit sur les troncs et l'on mangea des galettes au miel et des beignets.

« Où allez-vous ? demanda l'un des bûcherons.

– On va essayer de surprendre des chevaux sauvages, affirma Titulus. Savez-vous s'il en passe par ici ? »

** Pair = membre d'une haute assemblée.*

Ils ne savaient pas. Mais la forêt était pleine de bêtes sauvages et l'on pouvait sans trop de difficultés surprendre les chevreuils et les sangliers.

Les quatre amis ne voulurent pas s'attarder.

•

Des traces se confondaient pour former un beau sentier. Ils arrivèrent bientôt en bordure d'une très grande prairie. Au beau milieu, dans un magnifique rayon de soleil, une harde de chevaux sauvages broutait de l'herbe nouvelle.

Valerius avait la gorge serrée, tant le spectacle était beau. Titulus, tout aussi ému, aurait aimé se lancer à l'assaut d'un poulain pour s'en faire un ami.

Prisca observait la tendresse d'une mère avec son petit. Eulalia, quant à elle, aurait aimé rester ici pour l'éternité, telle une déesse des forêts et des landes.

Ils demeurèrent, étonnés et ravis, à regarder.

« Ils vont partir, dit soudain Eulalia, on ne va plus les voir ! »

Il y eut brusquement un bruit inattendu, une sorte de roulement de roches. Un éclair zébra la prairie et la harde de chevaux disparut en un clin d'œil.

« C'est un orage, hurla Prisca. Il faut trouver un refuge.

– Là ! fit Titulus. Il y a une grotte. »

Ils coururent sous les rafales de grêle.

Le vent avait déplacé un gros massif de ronces qui cachait l'entrée d'une grotte. Ils entrèrent donc et furent très rapidement surpris par le silence et la douce température de la terre.

« Où êtes-vous ? demanda Valerius. Je ne vois plus rien. »

Sa voix prit une soudaine ampleur. Brusquement, ils se sentirent tous les quatre entraînés dans un univers mystérieux.

« Donne-moi ta main.

– Ne crie pas comme cela. Je t'entends très bien.

– Il faut ressortir, ce lieu est magique.

– Croyez-vous que l'on va déranger un dieu gaulois ?

– Tais-toi, il ne faut pas parler de ces choses-là. »

Dehors, l'orage était très violent. Les éclairs se succédaient et l'on entendait le vent qui hurlait comme une meute de loups. Ils se serrèrent les uns contre les autres, heureux de sentir le sang battre dans leurs poignets.

La lumière de la foudre fut éblouissante. Eulalia mordit brutalement l'épaule de Valerius. Prisca s'était glissée tout contre Titulus, si bien que nul n'aurait pu, en cet instant, les séparer.

Mais soudain, ils virent dans un immense éclair se dessiner dans l'entrée de la grotte l'ombre terrifiante d'un géant. Ils se soudèrent ensemble, devenus pierres, effrayés par cette vision abominable.

L'ombre bascula à l'intérieur. On entendit, dans les accalmies de l'orage, un bruit de cailloux que l'on frotte. Des étincelles jaillirent

et très rapidement un flambeau dressé au-dessus d'une chevelure brilla dans l'obscurité.

« Qui êtes-vous ? cria une voix plus forte que l'orage. Que faites-vous ici ? »

Valerius tenta de répondre. Un filet de voix dépassa à peine de ses lèvres.

Le monstre s'approcha. On put voir son visage, envahi par une énorme barbe noire.

« Nous sommes de Lugdunum, finit par dire Titulus au prix d'un grand effort, nous sommes venus voir les chevaux sauvages et l'orage nous a surpris.

– Soyez en paix, dit la voix du monstre, que ma maison vous soit accueillante et confortable. Je vais allumer un feu pour vous sécher et je vais vous faire griller un peu de viande. Vous ne pouvez pas encore repartir, il va encore beaucoup pleuvoir. »

L'homme à la barbe touffue fit en quelques secondes ce qu'il venait de dire, et bientôt une belle clarté envahit la grotte. Les quatre amis ressentirent bientôt dans leur corps un profond bien-être. Ils se sentaient bien ici. Celui qui leur

était d'abord apparu comme un géant monstrueux était soudain devenu un ami.

Cela était à peine compréhensible.

Au bout d'un long moment, Eulalia cria :

« Regarde ici, regarde ! »

Personne ne comprit à qui elle s'adressait mais tout le monde regarda dans la même direction : il y avait sur la paroi lisse de la roche, gravées en noir, des mains qui s'alignaient, en se reproduisant sans cesse. Les flammes dansaient et dans le fond de la grotte, des gouttes d'eau sonnaient comme du métal tandis que le vent ne cessait de hurler.

« Ce n'est rien, dit l'homme, ce sont des mains que nos ancêtres ont peint sur la roche. Il n'y a pas de sortilège. Ils voulaient dire, à leur manière, qu'ils étaient vivants.

– Mais pourquoi leur manque-t-il des doigts ?

– Je ne sais pas. »

Titulus, fasciné, s'approcha de la paroi pour observer de plus près ces mains mystérieuses.

Prisca, tout près de lui, murmurait des prières.

« Comment vous nommez-vous ? fit soudain l'homme. Moi, je suis Simplicius. Je suis un ancien soldat mais je n'aimais pas la guerre. Alors j'ai quitté ma légion au moment où elle combattait en pays Vénètes et je suis revenu ici, là où ont vécu mes parents… »

Cette voix était vraiment très humaine, humble aussi : comme si elle ne savait masquer des émotions profondes.

Soudain, Titulus, qui s'était aventuré dans un recoin sombre de la grotte, buta contre une énorme mâchoire d'ours.

Valerius, quant à lui, s'était assis sur une grosse pierre près du feu et écoutait Simplicius.

« Je vis ici comme un sauvage, de chasse et de pêche. Parfois j'attrape des poulains que je dresse pour aller les vendre à Valentine, à Lugdunum et même à Tolosa. En ce moment, je surveille la plaine car par petites hardes, les poulains vont remonter vers la montagne. Pour l'instant, ils s'attardent dans les grasses prairies du bord de la Garonne. Ils entendront bientôt l'appel de la montagne. »

L'ancien semblait prendre plaisir à s'exprimer en termes choisis.

Brusquement, Simplicius s'arrêta net et, en quelques bonds, jaillit entre les roches. Il disparut très vite au-dehors, juste à l'instant où un éclair faisait briller la roche.

« Qu'est-ce qui lui prend ? cria Eulalia. Il est devenu fou ? »

Les quatre amis restèrent immobiles, remplis de crainte. Cet homme ne serait-il pas finalement un dangereux brigand ? Qu'est-ce qui pourrait l'empêcher de rouler maintenant une grosse pierre devant l'entrée de la caverne et de les retenir prisonniers ?

Valerius se félicita de ne pas avoir dit qu'il était le fils du maire. Simplicius aurait peut-être eu l'idée de rançonner son père !

Mais à peine ces terribles pensées venaient-elles à leur esprit que les quatre amis virent l'énorme silhouette du barbare se découper dans la lumière de l'entrée. Il portait sur ses épaules un homme à demi assommé.

« Cet homme vous suivait, dit Simplicius. »

Eulalia poussa un cri de stupeur en devinant celui qui ne la quittait plus d'une semelle depuis quelques temps déjà.

« Je le connais mais je ne sais pas qui il est. » fit Eulalia au comble de l'émotion.

Prisca ne comprenait plus ce qui se passait.

Eulalia regardait fascinée ce visage qui reprenait vie à la lueur des flammes.

Alors, elle leur raconta tout ce qu'elle avait sur le cœur, donnant des détails et affirmant qu'elle avait remarqué qu'elle était suivie à peu près en même temps que la découverte de l'homme assassiné. Heureusement, elle ne parla pas du trésor devant ces deux étrangers.

Simplicius hochait parfois la tête d'un air sombre. Valerius, s'étant emparé d'une longue pierre taillée en couteau, menaçait l'homme qui avait repris tous ses esprits.

« Ne me faites pas de mal, Valerius. Je vais tout vous dire... »

Titulus également était menaçant, persuadé désormais que l'énigme du trésor allait se dénouer.

« Voilà, fit l'homme en aspirant profondément l'air humide de la grotte, je suis esclave attaché à la maison de Julius Nebo Julius... »

Valerius poussa un grognement en entendant le nom du concurrent de son père à la mairie de Lugdunum. Les deux familles étaient presque d'une égale richesse et pouvaient donc prétendre à ce poste très convoité. Julius Nebo Julius possédait des forêts en Barousse et vendait régulièrement le bois aux chantiers du bord de la Garonne, à Tolosa et à Burdigala.

« Ma mission était de surveiller Eulalia.

– Et pourquoi ?

– Parle donc plus vite !

– La famille de Julius Nebo Julius veut demander Eulalia en mariage pour leur fils Cratus. J'étais chargé de surveiller la jeune fille et chaque jour je devais dire ce qu'elle avait fait, où elle était allée. Si je vous ai fait peur, ajouta l'esclave en s'adressant à Eulalia, je n'y suis pour rien, je n'ai fait qu'exécuter les ordres de mon maître.

– Ah ! Non ! s'écria Valerius dans le silence oppressant de la grotte. Non. »

Une colère inconnue gronda en lui et il aurait voulu, à cet instant, se jeter à la gorge de l'esclave et l'étrangler de ses propres mains.

Eulalia était stupéfaite : elle connaissait à peine ce Cratus qui avait, disait-on, de larges oreilles décollées. Simplicius, quant à lui, ne comprenait plus très bien ce qui se passait et la présence de cet esclave le déroutait. Il aurait préféré être seul avec les quatre jeunes pour se lier un peu plus d'amitié avec eux.

Ce fut pourtant lui qui parla.

« Peut-être va-t-il falloir que vous retourniez chez vous ! Les orages sont passés et la tombée de la nuit est proche. Je vais vous raccompagner. Je connais un raccourci qui mène à Lugdunum.

– D'accord, dit Titulus. Merci.

– Quant à toi, fit Valerius à l'adresse de l'esclave, tu vas nous suivre. Ne t'avise pas de t'enfuir. Simplicius te rattraperait. Et alors gare ! »

L'esclave avait compris.

•

À peine étaient-ils sortis de la grotte que Simplicius fit signe de ne pas faire de bruit et de contourner le plus silencieusement possible un gros massif de buis.

Le soleil couchant illuminait une vaste prairie où brillaient des herbes humides. Au loin, sur fond de forêt noire, ils aperçurent une horde nouvelle de chevaux sauvages. Leurs robes fumaient dans la lumière.

« Que c'est beau ! » murmura Eulalia, émue à nouveau jusqu'aux larmes.

Les autres retenaient leur souffle. Oui, le spectacle était de toute beauté.

Les chevaux, après l'orage, avaient envie de jouer. Un poulain déclencha une grande cavalcade et tous partirent au galop vers le centre de la prairie. Le sol vibra un instant. Ce fut une sorte de danse sauvage, là, dans la lumière du soir. Lorsqu'ils virent les humains embusqués, les vieux mâles hennirent et tous disparurent en un instant.

Simplicius coupa au plus droit dans la forêt, en se glissant entre les troncs serrés des chênes, franchissant des passages connus de lui seul entre les arêtes de pierres, trouvant les guets les plus faciles pour franchir les petits torrents aux eaux boueuses.

Lorsqu'ils sortirent d'une étroite et sombre vallée encombrée de ronces et d'herbes folles, la colline de Lugdunum se dressait toute blanche dans les derniers rayons de soleil et, dans le ciel lavé de tout nuage, les colonnes de marbre du temple dédié au dieu Lug reluisaient merveilleusement.

Maintenant, il fallait se séparer. L'esclave demeurait immobile, le visage penché vers le sol.

« Que fait-on de lui ? demanda Valerius.

– Autant le laisser aller, répondit Titulus. Il ne dira rien à Julius Nebo, et il ne peut plus nous inquiéter. »

Simplicius attendait aussi. Cet instant était important pour lui et comme il allait s'éloigner, Valerius le retint par l'épaule. Chacun garda longuement la main du barbare dans la sienne, et l'ex-légionnaire repartit vers sa grotte le cœur en fête.

7

Simplicius et le secret

Titulus se laissa submerger par la vapeur brûlante. Elle surgissait d'entre les pierres des thermes de Lugdunum, glissait le long des colonnes de marbre taillées dans les carrières toutes proches, rendaient le corps des baigneurs aussi flous que dans un rêve.

Titulus chercha la sandale de bois qu'il avait perdue, et l'ayant retrouvée, il put s'aventurer sur les pierres où l'eau fusait. Il repéra un banc où s'allonger.

Peut-être ici, se dit-il, je trouverai la solution de l'énigme.

Heureux d'avoir cette idée, il se voyait déja au milieu de ses amis et leur dire tout simplement : le trésor est là. Il suffisait de réfléchir.

Mais quel bonheur d'avoir le corps caressé par la vapeur brûlante, de sentir glisser contre soi une présence si familière, presque animale !

Il s'étendit voluptueusement. Il n'était plus Titulus, fils de potier, mais seigneur d'une grande villa où, du matin au soir, la foule des artisans martelait le fer, pétrissait la terre, tissait la laine.

Il se voyait déjà accoudé à la balustrade, avec, près de lui Prisca. Il lui dirait :

« Vois-tu, mon amie, le monde est si beau qu'il... »

La suite, il ne l'inventerait jamais. Quelqu'un, d'un coup violent, lui avait secoué l'épaule. Il se retourna et aperçut le visage hilare de Simplicius.

« Que fais-tu là ? s'écria Titulus.

– La même chose que toi ! Je suis venu soigner mon corps. Ce n'est pas dans ma grotte dédiée au dieu Gar que je puis le faire. Je viens toujours ici, dès le printemps. »

Titulus lisait sur ce visage le plaisir des retrouvailles.

« Je suis venu vendre des morilles, j'en ai trouvées des quantités au bord des ruisseaux, dans des coins que je connais. Des morilles, tu te rends compte, les gens de Lugdunum en sont fous ! Ce sont les premiers champignons du printemps avant les asperges sauvages. »

Alors, Titulus éclata de rire. Il tendit sa paume vers le légionnaire, qui lança sa propre main avec force. Elles claquèrent avec amitié. Ils s'allongèrent donc sur le même banc alors que la vapeur glissait autour d'eux.

Malgré sa mine de barbare, sa barbe de sauvage, sa force de centurion et son corps d'ours, Simplicius avait une cervelle particulièrement fine. Il avait compris qu'un mystère occupait l'esprit de Valerius, Titulus, Prisca et Eulalia, mais malgré toute sa réflexion, il lui était impossible de savoir de quoi il s'agissait exactement.

Il avait donc décidé de retrouver Titulus, plus proche de lui que de Valerius ou encore des deux filles, qui l'intimidaient. Il attendait beaucoup de cette rencontre.

Titulus se laissa bercer par le flux d'eaux brûlantes, et très vite, n'écouta plus ce que disait le barbare. Des odeurs de thym, de lavande, de bruyère sauvage emplissaient l'espace et faisaient tourner la tête.

Simplicius parlait mais Titulus ne comprenait rien à son discours. Lorsqu'il lui sembla que le barbare n'avait plus rien à dire, le garçon posa sa main sur le bras du sauvage.

« Écoute-moi. Je vais te raconter quelque chose. Ne perds pas un mot de ce que je vais te dire. »

Quelques instants plus tard, au moment de se rendre dans la chambre froide où coulait l'eau des torrents, Simplicius était au courant de tout.

Déjà, cette mâchoire de requin imaginaire lui broyait la cervelle.

« Je vais trouver la solution, crois-moi. » dit-il.

Mais le souffle de l'eau glacée était si fort que Titulus eut la respiration coupée et n'entendit plus rien. Simplicius, près de lui, remuait comme un sanglier et quand on leur porta de grandes serviettes de laine chaudes et parfumées, ils n'eurent plus envie de se parler.

•

Libérée de toutes les questions qu'elle pouvait se poser sur les raisons de sa poursuite, Eulalia n'en avait pas moins le cœur en émoi. L'idée même d'entrer dans la famille Julius Nebo Julius, en épousant Cratus, la plongeait dans la désolation. Certes, cela pouvait être considéré comme une façon de s'élever dans la hiérarchie de la ville, mais n'était-ce pas aussi ignorer ses propres sentiments ?

Nul doute que sa famille réfléchirait à deux fois avant de dire non ! Cela lui était extrêmement pénible. Quant à Valerius, qu'elle préférait de beaucoup, n'avait-il pas laissé transparaître ce qu'il pensait avec violence ?

Tout cela, mêlé à cette impossible histoire de trésor caché, avait de quoi occuper la tête de la jeune fille, alors que le printemps couvrait la nature de fleurs nouvelles.

La vallée où la colline du dieu Lug était posée comme une vigie s'était en quelques jours transformée en un jardin luxuriant.

8

Simplicius pris au piège

Simplicius s'était construit sur les bords de la Garonne une cabane de branchages. Il était en effet hors de question pour lui de rejoindre sa grotte. Sa place était auprès de ses quatre amis. Ensemble, ils devaient réfléchir au moyen de découvrir le trésor.

Beaucoup de monde avait vu Simplicius errer entre les rochers, demeurer longtemps immobile, s'endormir même sur des tapis de mousse.

« Je cherche des herbes », avait-il dit.

C'était vrai. Simplicius connaissait toutes sortes de magies. Il cherchait l'herbe qui permet de voir à travers le temps. Mais les gens qui le rencontraient commençaient à se méfier de lui.

« Il a perdu la tête, se disait-on à voix basse. Simplicius est devenu fou. »

Cela n'était pas étonnant pour quelqu'un qui vivait dans une grotte en compagnie des mains magiques !

Simplicius s'était plusieurs fois répété les paroles du malheureux voyageur. Il avait perçu l'étonnement de Prisca le jour où, en regardant les rochers, elle avait cru discerner un œil de poisson. Il savait par ailleurs combien Octavius, le maire de Lugdunum, accordait d'importance à cette affaire.

« Son intérêt prouve bien que le trésor existe ! » estimait-il.

Quant à la mâchoire de requin, le barbare en voyait désormais partout. La montagne n'était plus qu'un immense ossuaire de têtes de requins, de dents, d'épines dorsales.

L'ancien légionnaire passa par des instants de doute.

De nombreuses fois il eut envie de retourner dans sa grotte pour allumer un grand feu sous la voûte noire et voir danser les mains magiques. Mais le désir d'aider les quatre jeunes dans leur quête le renforça dans sa décision.

« Lorsque j'aurai trouvé le trésor, je retournerai heureux à la grotte », se disait-il.

Le chemin pouvait être encore très long et semé d'embûches.

•

Une nuit de pleine lune, Simplicius s'était installé devant sa cabane. La clarté était telle que chaque roche, chaque coulée de ruisseau et chaque ligne de crête se découvraient comme en plein jour. La lumière de la lune soulignait les moindres replis.

Brusquement, tous ses sens furent en éveil. Ce n'était pas dû à une famille de renards en maraude qui s'approchait de lui, mais aux dessins qui se révélaient sur la montagne au-dessus du temple.

Le géant n'hésita pas un seul instant. Il prit quelques affaires et courut à l'endroit où le voyageur avait été assassiné.

Il se coucha sur le sol, tendit les bras en un geste d'offrande vers la colline du dieu Lug et murmura une prière qu'il avait bien longuement mûrie dans sa tête :

Du haut de ta colline
que tes paupières s'ouvrent
sur la beauté de la vallée,
la majesté du fleuve
sur les hautes montagnes.
Sois bienveillant
je ne suis qu'un pauvre barbare
mais que ne ferais-je
pour la joie des enfants ?
Sois bienveillant dieu Lug
dis-moi où est caché le trésor.

Il resta immobile un long moment, espérant que les nuages s'éloignent vers la plaine. Mais c'est le contraire qui se passa. Surgissant au-dessus de la montagne pyrénéenne, de grandes nuées, venues d'Espagne, envahirent le ciel noir.

Simplicius s'assit et ouvrit son sac avec précaution. Il retira quelques herbes qu'il avait fait sécher et mangea celle qui permettait de voir, paraît-il, dans le passé.

Ne sachant plus quelle heure il était, il courut sur le chemin, puis contourna un rocher en pain de sucre et grimpa aussitôt dans la montagne. Il la connaissait maintenant si bien qu'il s'orientait même au plus profond de l'obscurité. Il savait qu'il touchait au but.

Il s'engagea au pied de la falaise et se retint à de petits chênes pour ne pas chuter dans le vide. Le ruisseau tombait en cascade avant de disparaître sous terre. Son écume blanche s'enroulait autour d'une roche ronde, pareille à un œil. Il lui fallait franchir ce ruisseau. Son cœur battait à se rompre. Oui, Simplicius en était sûr : il allait découvrir le trésor. Dans quelques secondes à peine, il en serait le maître.

Mais, sans qu'il puisse comprendre ce qui lui arrivait, trois ombres se précipitèrent sur lui, l'assommèrent et l'attachèrent avec des cordes.

« Pourquoi as-tu agi si vite ? siffla une voix essoufflée, il fallait le laisser faire.

– Je n'ai pas pu faire autrement, grogna le complice, il allait me marcher dessus.

– Et maintenant le voilà assommé, remarqua le troisième. Nous sommes dans de beaux draps.

– Jette-lui de l'eau sur la figure, décida celui qui devait être le chef du commando. On va le faire parler. »

Simplicius remua un peu les jambes, puis se plaignit de la tête. Il reçut une telle quantité d'eau glacée sur le visage qu'il faillit étouffer.

Du côté de l'Occident, les nuages bas commençaient à blanchir. Un jour nouveau allait paraître. C'est cette lueur que Simplicius aperçut en revenant à lui, avant de se voir cerné par trois hommes inconnus et menaçants.

« Que venais-tu faire ici ? » demanda le chef.

Simplicius ne répondit pas. Il était allongé par terre, sa tête reposait sur un rocher. Il avait toujours très mal. Mais dans la lueur nouvelle, entre les jambes de l'homme qui l'interrogeait, il vit tout près de l'endroit où était enterré le trésor, une belle campanule qui avait poussé.

« Parle, répéta l'homme, sinon tu souffriras encore bien plus. »

Non, se dit Simplicius, je ne dirai rien. Ce sont des voleurs : dès qu'ils auront le trésor, ils partiront. De plus, ils me tueront. Non, je ne dirai rien.

« Frappe-le. »

Le barbare reçut un coup de bâton sur le dos. Il revint tout entier à la réalité.

« Parle. Sinon tu en recevras encore et de plus forts ! »

La bouche de Simplicius resta close.

« Tu venais chercher le trésor ? C'est toi le bandit. C'est toi qui as assassiné le voyageur après qu'il t'ait confié son secret ! On s'était bien rendu compte que tu rôdais par ici, au lieu de rester dans ta grotte. Tu sais où est ce trésor. Parle, sinon tu vas souffrir. »

Vers l'Occident, les nuages blancs s'élargissaient sans cesse et en bas, autour du rocher, dans les poulaillers, les premiers coqs se mirent à chanter.

Simplicius reçut de nouveaux coups de bâton, de plus en plus forts, de plus en plus douloureux, mais il ne prononça pas la moindre parole.

« Inutile de continuer, dit l'un des tortionnaires, il ne dira rien. Il croit pouvoir garder le trésor pour lui tout seul. Le mieux serait de le transporter, avant qu'il n'y ait trop de monde dans les rues. »

Un des hommes enleva son manteau et ils y roulèrent le barbare qui, ainsi caché, fut ramené comme un sanglier mort à la ville.

Plusieurs fois, Simplicius perdit conscience. En s'éveillant, il entendait tout près de lui les commentaires des gens qui s'étonnaient.

« Encore un mystère. Encore un mort. On ne vit plus en sécurité comme jadis, disait-on autour de lui. Il faudrait peut-être changer de maire. Julius Nebo Julius propose une milice plus forte pour nous protéger... »

•

Simplicius fut jeté sur le sol et enfermé dans une pièce noire.

Combien de temps resta-t-il ainsi ? L'ancien légionnaire ne le sut jamais.

Une porte s'ouvrit, entraînant avec elle une grande clarté. Des esclaves, un peu craintifs, apportèrent des torches puis laissèrent leur maître seul avec le prisonnier.

« Avec moi, tu vas parler, affirma-t-il, sûr de son pouvoir. Tu vas me dire pourquoi tu étais dans les rochers, sur ce rocher-là précisément, cette nuit. Que cherchais-tu ? »

Simplicius hocha la tête.

« Je ne cherchais rien, je n'avais pas sommeil avec cette pleine lune...

– Ne mens pas. Je vais te dire ce que tu cherchais : le trésor dont tout le monde parle. Tu es allé vers l'endroit précis où se dirigeaient

aussi mes hommes. Dis-moi où est le trésor et tu repartiras libre dans ta grotte.

– Je ne sais pas où est le trésor (dans sa tête, il revit la jolie campanule qui en cet instant était sa seule gardienne). Vos hommes m'ont assommé et ligoté avant que je ne puisse m'en approcher.

– Était-il loin de l'endroit où l'on t'a arrêté ?

– Je ne sais pas.

– Parle, par Jupiter, je te conjure de parler. Sinon, gare à toi ! »

Simplicius ne voulait rien dire. Il voulait offrir le trésor aux quatre enfants, c'était sa seule idée. Non, il ne dirait rien.

•

« Parle, c'est ta dernière chance...

– Appelez-moi Valerius », finit par dire Simplicius.

Alors l'homme se mit réellement en colère.

« Laisse-le, ce n'est qu'un enfant ! Voici ta punition : dans un mois, il y aura des jeux. Tu seras condamné à combattre un ours gigantesque. Si, d'ici là, tu changes d'avis, avertis l'esclave qui viendra te porter à manger. »

Simplicius ne dit rien. Il attendit les jeux en soignant en prison ses multiples blessures.

9

Le cirque

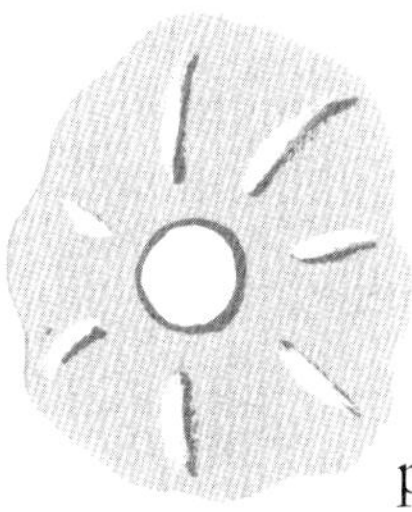

L'été maintenant s'était installé. Les arbres avaient mis toutes leurs feuilles et les paysages changeaient : ils devenaient plus profonds et plus mystérieux. Les bords de la Garonne n'étaient plus qu'un immense taillis de genêts broussailleux aux fleurs épanouies. Les abeilles bourdonnaient.

•

Qu'était devenu Simplicius ? C'était la question que les quatre jeunes se posaient et aucun n'avait de réponse. L'ancien légionnaire avait tout simplement disparu. Dans l'impossibilité de mener à bien leur enquête, Valerius,

Titulus, Prisca et Eulalia se laissèrent à nouveau happer par la vie quotidienne.

Prisca n'avait plus de souci à se faire pour ses chèvres. Elles embellissaient à vue d'œil et bientôt, il y aurait de petits chevreaux. Calmes et repues, elles ne cherchaient plus à quitter l'enclos de pierre. Souvent, Eulalia venait retrouver son amie en cueillant le long du chemin des œillets ou des pavots.

Elle passait désormais beaucoup de temps devant son miroir et allait tous les jours aux bains. Elle aimait revenir enrobée d'une bonne odeur de jasmin. Les courses le long de la Garonne et dans les rochers, vers les grottes du dieu Gar, ne la tentaient plus. Mais quand parvenait des champs une bonne odeur de foin sec et de menthe sauvage, elle pensait à Prisca et ses chèvres et courait la retrouver.

Titulus, maintenant, préparait la terre et remplaçait souvent son père, le maître potier. Il s'amusait à faire naître de la glaise des plats étranges et tarabiscotés, des oiseaux ou des sangliers. Passionné par cette création, il étonnait parfois son père qui, pour ne pas le laisser s'engager sur une voie sans issue, disait que cela ne valait rien.

Quant à Valerius, il avait toujours droit à ses leçons d'histoire et de géographie. Lors d'un repas, il avait interrogé son père.

« C'est étrange, Simplicius a disparu. Je suis allé le voir dans la grotte de Gar et je me suis rendu compte qu'elle n'avait pas été habitée depuis longtemps. Qu'est-il devenu ?

– Ces anciens militaires sont instables, répondit Octavius. Il vont là où leur humeur les mène. Ce sont des sauvages.

– Mais s'il avait voulu partir dans la montagne, Simplicius nous l'aurait dit !

– Ne t'inquiète pas pour lui », coupa le maire de Lugdunum, fort mécontent.

•

En ce début d'après-midi, alors que le ciel, vers l'Espagne, se couvrait de lourds nuages noirs, Prisca attendait Eulalia. Elles devaient aller ensemble aux jeux du cirque. Pour fêter la moisson, des combats avaient été prévus.

« Vite, nous sommes en retard. Il doit y avoir la foule, tout le monde y va. »

Sans se faire prier, Prisca prit la main de son amie et toutes deux coururent vers le cirque. Elles y arrivèrent couvertes de sueur et se glissèrent dans la foule, essayant de reconnaître l'endroit où Titulus leur avait donné rendez-vous. Inutile de chercher Valerius : il était dans la tribune d'honneur avec sa famille.

Déjà de grands cris se faisaient entendre : c'était comme une vague, venue du plus profond de la terre. Ces cris saluaient les jongleurs, les faiseurs de plaisanteries chargés de faire attendre l'entrée en lice des condamnés et des combattants.

« Je le vois, il est près de la colonne comme il l'avait dit, cria Prisca, les joues toutes rouges. Il nous a vues, il nous fait signe ! »

Titulus leur avait réservé des places, mais encore fallait-il y parvenir. L'orage qui grondait sur les montagnes énervait la foule et de violentes querelles naissaient spontanément un peu partout tant était grande l'excitation.

Une musique forte et rythmée annonça l'entrée d'un premier combattant. C'était un chasseur. On lança dans l'arène un chevreuil : celui-ci, le cœur battant et les jambes tremblantes, essaya de fuir. L'homme chargé de le tuer essaya de le bloquer derrière un rocher, mais le chevreuil bondit au-dessus et la foule éclata de rire.

Aussitôt, des quolibets furent lancés à l'adresse du mauvais chasseur.

« Ce n'est pas un lion ! Ce n'est qu'une biche !

– On n'attrape pas les papillons avec une lance ! »

La foule riait toujours, tandis que le pauvre chevreuil, complètement épuisé, venait presque de se jeter aux pieds du chasseur. Celui-ci l'enveloppa avec son filet et le tua avec rage.

Il quitta le cirque, sous les huées.

•

L'arène demeura un instant déserte. On avait transporté au milieu un gros rocher soutenant un monticule de terre planté de trois petits chênes. Au pied de ce rocher était creusée une mare et l'eau d'une fontaine y coulait régulièrement. Des pierres plus étroites faisaient comme un muret.

La nature était ainsi reconstituée. Un couple de pies et un étrange oiseau à la gorge de feu allèrent se poser sur les branches. Toute la foule applaudit cet exploit. Certains en tirèrent présage et quand la porte des fosses s'ouvrit, une énorme clameur salua l'entrée d'un ours.

La lourde bête s'avança, se balançant d'un côté et de l'autre. Elle grognait, essayant vainement de retrouver son territoire, dérangée par les odeurs de la foule. Ses yeux tout petits et sauvages évaluaient les dangers et recherchaient les espaces pour fuir. Mais l'ours comprit très vite qu'il était encore prisonnier. Les murailles de mortier et de pierres, la foule serrée des hommes ne lui permettaient pas d'espérer la moindre évasion.

Mais il n'était plus temps de penser à cela. On annonça le premier condamné. Il allait devoir regagner sa liberté au prix d'un combat à mort.

Un homme, à demi-nu, à l'énorme barbe noire, vêtu d'une peau de mouton, tenant un trident et un filet, surgit dans l'arène. Il alla se jucher en haut du rocher.

« C'est Simplicius, cria aussitôt Titulus.

– Simplicius ! » hurlèrent en même temps Eulalia et Prisca.

Mais ce cri se perdit dans l'intense silence de la foule. Les trois adolescents étaient maintenant muets de stupeur.

Valerius s'élança vers son père en hurlant.

Peut-être Simplicius l'entendit-il. La foule en cet instant était attentive. Elle pressentait un formidable combat.

L'homme et l'ours s'affrontaient du regard. Leur seule présence face à face était déjà un duel. Le soldat ne bougea pas. Les yeux plongeant dans ceux du fauve, il essayait de deviner ses pensées, et de prévoir son attaque. L'ours, un vieux mâle capturé juste à la fin de l'hiver, près des lacs de Venasque, montrait tous les signes de l'énervement. D'un instant à l'autre, il allait se jeter sur le barbare et n'en faire qu'une bouchée.

Ce fut cependant Simplicius qui attaqua le premier. Il piqua l'ours au niveau des cuisses. Le fauve se dressa et battit l'air de ses pattes antérieures. Dressé, il était vraiment impressionnant. Du sang coula, aussitôt absorbé par le sable.

« Tue ! cria quelqu'un très fort dans la foule. Tue ! »

Nul ne put savoir à qui ce spectateur s'adressait. À l'ours ? À l'homme ?

Comme s'il avait compris cet appel, le fauve s'élança. En quelques bonds rapides, il arriva sur l'autre versant du rocher. L'homme le toucha plusieurs fois avec son trident et essaya de l'effaroucher avec le filet.

L'ours, d'un bond agile, sauta vers Simplicius. Titulus crut que c'était la fin de leur ami. Celui-ci se laissa glisser vers le sable et l'ours, en quelques bonds, fut sur lui. Ils roulèrent tous les deux enlacés dans la petite flaque.

L'eau jaillit de tous côtés et bientôt elle devint rouge. Sous des milliers de regards, Simplicius était seul. Il luttait contre la mort et la mort en cet instant avait la forme d'un ours féroce, aux longues griffes effilées comme des couteaux.

L'homme avait abandonné son filet. Cramponné à son trident, il essayait de repousser l'ours. Simplicius était griffé aux épaules. Le sang coulait.

Prisca et Eulalia se tenaient la main. Titulus s'agitait. Valerius, quant à lui, hurlait férocement, comme s'il voulait éloigner le fauve.

L'ours rompit le premier. L'homme avait des muscles d'acier. Le fauve grogna et courut tout autour de l'arène. La foule se mit à hurler aussi. Ce que Simplicius était en train de faire était incompréhensible. Ayant ramassé son filet, il se mit en chasse. Il frappa plusieurs fois l'arrière-train du fauve. Celui-ci, en désespoir de cause, s'arrêta, se dressa et l'ancien légionnaire se laissa prendre au piège de ses pattes. La foule retint son souffle. L'homme n'avait presque plus aucune chance de s'en tirer. Il allait tout simplement être étouffé par l'ours qui allait le presser de plus en plus fort contre sa poitrine.

Mais Simplicius était habile. Il introduisit entre lui et le fauve les pointes du trident. Sans doute l'ancien soldat était-il protégé par une carapace de cuir, car très vite, l'ours se rendit compte qu'il pressait trois piques contre son cœur et qu'il était donc en train de se poignarder lui-même.

Dans la foule, beaucoup comprirent et apprécièrent la tactique de Simplicius. Il y eut des applaudissements, des vivats. Pourtant, l'homme n'était pas encore tiré d'affaire : tout son dos saignait abondamment.

Mais le fauve faiblissait. Il hochait la tête en tout sens comme s'il refusait de reconnaître la réalité. Sans doute aussi rêvait-il qu'il avait rejoint ses rochers bordés de glace, son lac où il aimait plonger à la recherche des truites.

Il y eut au loin un coup de tonnerre. Un éclair traversa tout le cirque. L'ours était en train de mourir et Simplicius, avec une infinie lenteur, tentait d'échapper aux pattes du fauve. Tout se passa comme dans un rêve. L'homme remua simplement son trident pour voir s'il avait fait œuvre de mort.

Devant son incontestable succès, Simplicius poussa un hurlement de joie et, faisant tourbillonner son filet au-dessus de sa tête, il entreprit le tour du cirque.

« Vive Simplicius ! cria Eulalia au bord des larmes.

– Vive Simplicius ! » répéta Prisca d'une voix enrouée.

Titulus, des larmes dans les yeux, regarda du côté de la tribune officielle et il comprit que Valerius, les bras levés dans le ciel orageux, entamait une danse triomphale.

Mais que faisait Simplicius parmi les condamnés ? C'est ce que Valerius voulait savoir. Il s'approcha de son père qui semblait lui aussi satisfait de la victoire du barbare et lui demanda :

« Père, Simplicius est mon ami. Il est l'ami de Titulus. Jamais depuis que nous le connaissons cet homme n'a menti. Il ne ferait pas de mal à une mouche, même s'il est capable de tuer un ours sauvage. Dis-moi la vérité. »

Octavius, surpris par le ton cérémonieux de son fils, comprit qu'il lui devait effectivement des explications.

« Voici ce qu'il en est, dit Octavius en désignant d'un coup de tête l'arène vide. Cet homme a été surpris de nuit par trois de mes agents chargés de mener l'enquête sur le trésor et l'homme assassiné au bord de la Garonne. Il a été interrogé par eux, brutalement je le reconnais, mais il n'a pas dit un seul mot. Il a été transporté à la villa et je l'ai à mon tour interrogé. Il n'a rien révélé et c'est moi qui l'ai condamné à combattre un ours.

– Père, dit Valerius, je te demande la liberté de Simplicius. S'il a quelque chose à dire au sujet du trésor, c'est à moi et à Titulus qu'il le dira.

– Je m'en suis bien rendu compte. C'est vraiment un homme têtu, mais c'est aussi un combattant victorieux. Sa liberté, il l'a bien méritée et je la lui rends... »

Depuis les gradins, Titulus, Eulalia et Prisca assistaient à la scène. Ils pouvaient tous imaginer la conversation entre Valerius et son père. Pendant ce temps, le public criait le nom du condamné et réclamait non seulement sa liberté mais aussi un tour triomphal.

Le cadavre de l'ours emporté, les portes des basses-fosses furent réouvertes et une harde de sangliers, tous grognants et furieux, fut lancée dans l'arène.

Un nouveau combattant, muni d'un trident et d'un filet, apparut. Prisca ne voyait plus rien. Elle avait envie de quitter ce lieu si cruel. Elle rêva quelques temps à la Garonne dont les eaux vertes et bleues coulaient paisiblement et dans lesquelles il serait si doux de se glisser. Elle en avait assez de ces hurlements, de ces odeurs de sueur et de fauves.

« Partons ! » dit-elle à voix basse.

Eulalia se leva immédiatement et les deux filles se glissèrent dans la foule compacte.

•

Dehors, il n'y avait personne. Le vent de l'orage qui se levait enlevait des paquets de poussière aux carrefours. Le ciel maintenant était partagé en deux. Une partie était noire, aussi noire que la suie. L'autre, encore toute bleue, laissait filtrer la clarté et la chaleur.

« Que veux-tu faire ? demanda Eulalia.

– Viens, dit Prisca, allons nous baigner dans la rivière. »

Elle coururent.

Là, à l'abri du feuillage, elles ôtèrent leurs vêtements et se coulèrent dans l'eau tiède. Jamais bain ne fut aussi agréable, aussi paisible. La fureur du cirque, la peur, tout cela partait au fil de l'eau.

La foudre gronda au loin, plusieurs fois. Les orages roulaient dans la montagne et ne tarderaient pas à envahir la petite plaine de Lugdunum.

« Oh, regarde qui vient, fit soudain Prisca, regarde ! »

Les murs blancs de la ville étaient bizarrement illuminés par les éclairs. Sur le bord de la Garonne, le vent remuait les lourdes branches. Résistant aux bourrasques, trois silhouettes arrivaient sur le chemin. Une très grande, entourée de deux plus frêles. Sans nul doute Simplicius, Valerius et Titulus.

« Il faut sortir de l'eau très vite. » fit Eulalia un peu inquiète.

L'air chaud les sécha en un seul souffle. Elle revêtirent leurs légers vêtements et coururent vers les trois arrivants.

Un éclair jaillit et Prisca eut l'impression qu'il s'était glissé entre elle et son amie. Levant les yeux vers le temple du dieu Lug tout en haut de la colline, elle aperçut dans un bref éclat de lumière, comme une arête de poisson, une arête blanche et tout au bout, plongeant dans la forêt, une sorte de tête.

« La tête de requin ! » cria Prisca.

Eulalia regarda dans cette direction et éclata de rire.

Titulus montrait à travers les éclairs les falaises du dieu Lug.

Simplicius arriva essoufflé et riant. Il se saisit de Prisca et la lança dans le ciel bouleversé, puis il la rattrapa avant qu'elle ne touche le sol. Il avait envie de danser et de crier.

L'excitation était à son comble.

« Pourquoi ? Pourquoi ? » demandait sans cesse Eulalia, tandis que Simplicius riait comme un bienheureux et que la foudre frappait les flancs des montagnes. De gros grêlons se mirent à tambouriner la terre : cela faisait aussi partie de la fête...

Bien à l'abri sous un arbre, Simplicius raconta son aventure, se gardant bien de dire qu'une campanule, là-bas, veillait sur le trésor.

10

Le trésor

Le lendemain, le ciel lavé avait retrouvé une merveilleuse luminosité. C'est ainsi dans les Pyrénées.

Simplicius avait délicieusement dormi dans une petite cabane de pierre construite par des bergers. Son pauvre abri de branchages avait depuis longtemps été détruit par les intempéries. Le jour le trouva frais et dispos. Les blessures faites par l'ours se trouvaient comme par miracle en voie de guérison. Il s'assit sur une pierre pour manger du fromage de chèvre que lui avait laissé Prisca.

Simplicius avait envie de chanter, de rire. Jamais peut-être il ne s'était senti aussi heureux. D'un instant à l'autre, ses quatre amis allaient le rejoindre.

Ils viendraient, il le savait, le cœur en fête…

•

C'est Prisca, bien entendu, qui arriva la première. Elle n'était pas, cette fois, accompagnée de ses chèvres. Elle courait simplement de peur d'être la dernière. Titulus surgit à son tour.

Ils attendirent longuement Eulalia et Valerius. Ils se doutaient qu'ils viendraient ensemble en se tenant la main.

Ils prirent tous silencieusement le chemin des rochers, longeant un court instant la Garonne. Ils évitèrent le « pain de sucre » où l'on venait parfois prier les dieux gaulois, puis après avoir franchi un tout petit ruisseau noir coulant sous des ronces, ils s'attaquèrent à la montagne.

Simplicius allait devant, choisissant les traces herbues et évitant les amas de rochers. Derrière venaient Titulus et Prisca. Plus loin Valerius et Eulalia qui parlaient entre eux.

« Crois-tu qu'il a découvert le trésor ?

– J'en suis presque sûr, répondait Valerius. S'il n'a rien voulu dire aux agents de mon père, c'est bien parce qu'il savait quelque chose. »

Les rochers, où de petites fleurs sauvages s'accrochaient, reluisaient. En les voyant, Simplicius se dit que la campanule bleue qui gardait le trésor avait été broutée depuis longtemps par une chèvre sauvage. À cette éventualité, il eut envie de pousser un hurlement de désespoir. Mais il sentait derrière lui ses quatre amis pleins de confiance avancer sur les cailloux humides, respirer la bonne odeur de terre, mêlée à la sève des herbes.

« Sais-tu où tu nous mènes ? »

C'était la voix de Prisca.

Simplicius grogna car à cet instant il n'était plus sûr de rien, vraiment.

« Je ne sais pas », répondit-il avec sa toute petite voix.

Pourtant ils étaient juste sur la terrasse qui menait à la fameuse falaise, avec son ruisseau qui coulait abondamment. Le soleil, enfin sorti de la montagne, dévorait à sa façon les hauts rochers et les grandes forêts de sapins.

L'ancien soldat en profita pour mieux se repérer. C'est ici qu'il avait découvert le ruisseau s'enroulant autour d'une pierre ronde ; c'est dans ce recoin d'ombre que devait se trouver la campanule bleue.

Simplicius demanda à ses quatre amis de s'arrêter un instant. Il devait maintenant s'aventurer seul sur les lieux. Il reconnut le rocher où les hommes d'Octavius l'avaient assommé mais ne vit plus la campanule. Affolé, le cœur battant la chamade, il s'aventura sur les rochers moussus, passa sur l'autre rive du ravin et chercha désespérement le tout petit replat où était enterré le trésor.

Il sentit à cet instant, contre son visage, le battement d'aile d'un oiseau à la gorge de feu qui se mit à virevolter au-dessus des rochers. Cet oiseau, le regardant d'un œil malicieux, tenait dans son bec une tige sèche. En s'envolant un peu plus loin, il laissa tomber la fleur fanée.

Simplicius s'y précipita, puis se dressa dans la lumière en signe de triomphe. Il savait qu'il avait, malgré les hommes d'Octavius, malgré l'ours sauvage, retrouvé la cache du trésor. Alors il regarda du côté de Titulus et de Valerius. Ils étaient dressés sur l'autre crête du ravin comme des guerriers. Il leur fit signe et ils dégringolèrent vers lui en riant, entraînant les deux filles derrière eux.

Simplicius était parfaitement heureux. Il désigna le petit espace de terre. L'oiseau avait mystérieusement disparu. Était-il messager d'un dieu ?

Les enfants s'attaquèrent à la couche d'humus, arrachèrent l'herbe fine, jetèrent dans le ruisseau les petits éclats de roche.

Seul, Simplicius s'assit sur un rocher et, comme un dieu, regarda ce qui se passait du plus profond de sa félicité…

« Encore, encore, chantait-il en cadence, encore. »

Une fine planchette arrêta les chercheurs. Titulus, avec un caillou plat, la releva et aussitôt de l'or apparut aux yeux de tous, un or vif, jeune, plein de magie.

L'ancien légionnaire éclata d'un grand rire, tandis que les mains des quatre adolescents plongeaient dans les colliers, les broches, les fibules, levant dans le soleil de petites figurines de femmes, de bêtes et de dieux.

Simplicius se mêla à ses quatre amis pour étaler dans l'herbe humide et luisante les richesses fabuleuses de ce trésor tant recherché.

Épilogue
au bord d'une piscine

Sur le bord de marbre de sa piscine, alors que la chaleur était intense et faisait vibrer l'air sous un dais de feuilles de lauriers roses, même si l'eau immobile était tiède, même si les merles et les pies ne venaient plus boire tant que le soleil était à la verticale, Octavius aimait se reposer là et rêver.

Bientôt, dès la fin de l'été, seraient désignés les futurs sénateurs. Octavius voulait être choisi. Il avait parfaitement géré le pays de Lugdunum et des Convenae. Il savait qu'il aurait aussi les voix des autres cités proches.

Fier de ces appuis, il pouvait désormais prétendre à ce titre.

En attendant, Octavius allait pouvoir organiser des jeux nautiques. Près de la Garonne, il ferait creuser un immense bassin qui, très vite, serait rempli d'eau. Là combattraient, pour le plus grand plaisir des gens de Lugdunum, les plus belles trirèmes* construites en bois de sapin ou de hêtre. Ce serait un grand moment de la vie de la cité.

Le maire de Lugdunum entendit des rires et des cris. Brusquement, ils étaient tous là, se poussant, parlant en même temps, heureux malgré le soleil si chaud.

Simplicius, Valerius et Titulus s'approchèrent de lui et le sortirent de sa chaise puis le précipitèrent dans la piscine, sans écouter ses protestations. Octavius se laissa couler dans l'eau tiède et lorsqu'il revint à la surface, ce fut pour voir les visages rieurs des quatre adolescents et de leur ami se tourner vers lui.

* *Trirème = navire de guerre des Romains, rapide et léger à trois rangées de rames superposées.*

Simplicius lui tendit alors une grosse main brune pour le sortir de l'eau. Octavius l'empoigna avec ardeur et murmura quelque chose qui ressemblait à un remerciement.

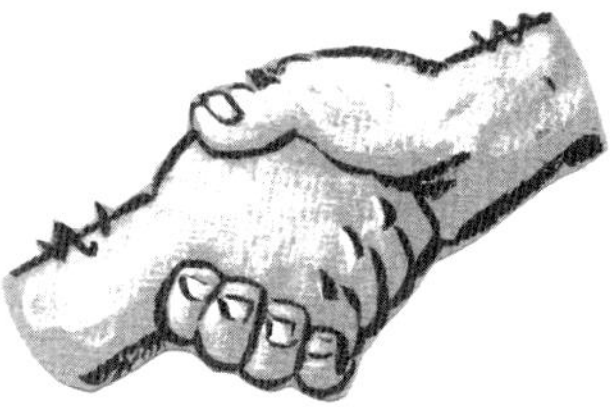

FIN

Table des matières

Achevé d'imprimer sur les presses
de Egraf, à Madrid (Espagne)
Dépôt légal : Mai 2004